Collection Ouvre-Boîtes POÉSIE

Valérie Poussard

Et puis on a compté les jours

POÉSIE

Des silhouettes sur la plage qui s'éloignent
Encore les chaises vides au jardin
Qu'il va falloir rentrer la terrasse balayée par le vent
Abandonnée aussi
L'odeur des draps qui sèchent la rugosité
Du linge qu'on plie et la douceur fade des mots
Pour dire la mélancolie de toute fin

Mais la menace ce sont les bouches
Qui crachent à gros bouillons
Des ruisseaux de sang
Les toux rauques et les torrents de boue rougeâtre
Où les corps se débattent dans la violence de tourbillons gluants
Les cris restent muets et le spectateur
Immobile redoute ce que sera son tourment

Les doux paysages du Valois,
Les châteaux de contes de fée les abbayes d'un temps passé
Les fresques inattendues de Primaticcio
Et les forêts domaniales où biches et cerfs se croisent
Dans des ballets rêveurs

Mais les corps ploient sous leur fardeau
Les pierres pèsent dans les sacs
On avance cou cassé
Tandis que les viscères se tordent enlacées
Par les anneaux du monstre

Le paysage au loin découpé
Arbres cernés de brume
Châteaux-forts
Dressés comme de tout temps
Entre lambeaux et brouillards surgissent les Chevaliers à la brillante armure
Sans escorte prêts à tout
Les dragons guettent tapis dans les méandres
Et les Filles aux cheveux verts sorties des eaux tourbillonnantes
Chevauchent d'intrépides licornes

Mais son corps
En proie aux derniers spasmes
Repousse les assauts de la fièvre
Les mains crispées sur les barreaux du lit brandissent des lances enflammées
Et les jettent sur les monstres qu'il n'a pas su nommer

L'église baroque
Sa façade blanche sur le ciel bleu
Et le bruissement d'une nuée d'oiseaux
- par on ne sait quoi dérangés par on ne sait qui appelés guidés peut-être seulement par l'envie de retrouver l'odeur entêtante du figuier ou de se réunir pour aller là où l'hiver sera plus doux –

Volutes d'un alphabet indéchiffrable

Mais sur son lit de douleur
Impossible même d'aller à la fenêtre
Dans le noir enfermée en proie aux ruminations
Avec dans son dos les pinces du monstre qu'elle ne peut ni regarder en face ni chasser
Si elle bouge il mord
Sa langue même doit rester immobile

Les effluves de jasmin au coin d'une rue à Milan
L'odeur des figuiers pour les promeneurs de l'été
La cannelle ou la fleur d'oranger dans les cuisines
Des grands-mères aimantes

Mais soudain
Comme une piqure de scorpion
Le poison a coulé à long trait
Dans le corps devenu muet

Entourés de falaises ocre-rouge
On traverse les oueds
On avance dans les jardins
Quadrillés par les minces canaux
Et les roses des poètes

Mais il perd l'équilibre, tout chancelle parfois
Et rien ne peut l'aider face aux remous du fleuve
Tout est menace pour le corps assailli
Par le vide prêt à s'écraser

Le ruban des quais et des façades blanches
Que la ville en majesté
Déroule

Mais le corps coupé
Plié en deux
Se prépare à sa deuxième attaque
Ciseaux ou bistouri

La terrasse aux orangers chargés
La volière
Et les alphabets
Qu'inventent ceux que la langue
Rapproche

Mais les piques se dressent
Le poison menace
S'élancer alors dans le vide de la nuit
Vivre séparé et se taire

Les grands singes du Jardin des Plantes
L'orang-outang vautré sur son tonneau pressant dans la bouche pour en extraire on ne sait quelle substance une affreuse éponge bleue
Les grandes mains de la mère gorille abaissant tranquillement presque méthodiquement la paille à son entour pour accueillir des petits s'accrochant aux mamelles pendantes
Et dehors le ballet des flamands roses
D'un rose sorti d'un dessin animé kitsch
Et les cris de surprise des enfants que photographient les grands-parents
Ébahis de retrouver cette joie élémentaire

Mais une lance lui transperce le dos
De part en part
La jambe ne répond plus il faudra maintenant se traîner
Ramper
Se réduire et ne prononcer plus que des sons inarticulés

Drapés, tissus damassés
A plis épais
Soieries humides aux reflets moirés
Broderies légères et
Voiles transparents sur les gorges naissantes
De très jeunes filles avancent
De trois quart-face immobiles
Le pied léger
A peine ceint d'une sandale de cuir
Les rose mauve les jaune citron les violet clair les carmins
Les mantes noires serrées à la taille
Les étoles d'indienne négligemment glissées
Les colliers de perle les agrafes à cabochons les broches
Tout irradie autour du corps qui s'offre

Autour du corps prêt à souffrir d'Amour
Dragons flammes et lances
Roues dentelées poignards clous tenailles
De tortionnaires
En embuscade
Dans l'ombre du tableau guettent Ceux
Que les tissus d'ici-bas ne retiennent pas

La mémoire des repas
Reçus et préparés et des tables volets posés sur des tréteaux tables dressées à la diable dans la maison de Corse ou tables raffinées que Sylvie préparait
Avant les vacances de Noël à Arras pour nous offrir de ce vin
De Bordeaux qu'elle aimait tant
La surprise devant l'élégance
Et le rire de sa tête rousse

Et puis on a compté les jours.
Le monstre
Avec obstination
A grossi sans méthode
Ses protubérances se multipliaient le corps a été aspiré on a été obligé de se taire

On s'était équipé
Casque et cape de pluie, lumières clignotantes pour la nuit
traversée par les faisceaux des voitures dans la brume
Jours de grève et jours de pluie
Rue du Chemin vert, place de la Nation
Cours de Vincennes et rue du Cherche midi
Jours de grève et jours de pluie
On voyait ce qu'on ne voyait plus avec
La force de ses jambes et l'assurance de son corps
L'accord de la ville
On retrouvait confiance

Soudain elle sent la pieuvre
Dont les ventouses aspirent dans un bruit de succion et d'épouvante
L'air tapi dans les grottes reculées
Les flots de sang dans la bouche

Ça lève ça prend
Ça chauffe ça bout ça rissole ça frit
Elle coupe découpe hache
Mélange malaxe mixe et
Mâche enfin plein les yeux la bouche le nez
Ça a un début et une fin
Elle en a sur les mains

Ailleurs les marches sont hautes l'escalier étroit
manque le Souffle
Le vide transperce le corps renversé

Dans la grande marmite de la cuisine tout cuit frémit bout se lève
On veille sur l'ambre sucrée des confitures d'abricot
Les pommes enveloppées dans le caramel bruni qu'il faut vite vite retirer du feu
Les croûtes dorées à l'œuf
Les sablés craquants les madeleines fondantes à peine bombées
Le hâle soutenu des gâteaux de Savoie
La douceur des farines et des sucres mêlés aux levures miraculeuses
On se fond dans la texture soyeuse des blancs en neige
On se croit installé dans sa langue sa bouche son goût

Quand la lance lui transperce l'estomac
Elle comprend que c'en est fini de cette suavité
Bouche pâteuse soif inextinguible
Le sang à gros bouillons lacère le corps éteint

Entre les asphodèles blancs elle suit
La ligne tracée longtemps avant elle
Par les troupeaux égarés
Recouverte par les herbes elle la cherche retourne
Parfois sur ses pas
                                        Jusqu'à découvrir le
Kouros allongé sous les oliviers

Mais aussi une grotte
Un foyer et des cendres
                              Quelques ossements
Un sacrifice peut-être
Homme ou animal vieillard ou enfant
Sang versé
Noms oubliés

La claire agitation du matin
Le ballet des livreurs
Les pas de porte qu'on arrose à grande eau
Le petit-déjeuner des enfants et les projets du jour

Pourtant on l'a poussée
Elle s'est écrasée contre le lavabo
Jetée
Crâne éclaté

Corps jeune et blanc
Cuisses fuselées et ventre de madone
Enveloppé dans les plis
Des tissus des lainages des capes
Qui grandit se découvre parfois
Invite avance s'initie
Sous l'œil de la Sorcellerie en chef

Les pommes sont appétissantes
Elles encouragent le coutelas
À taillader la chair vivante

Faire comme si de rien
N'était
Le rouge à lèvres le collier de perles le eye-liner
On soigne les apparences
On se montre on nous voit
Tout va bien

Difficile pourtant
De cacher les purulences
Les pustules qui recouvrent le corps fiévreux
Les abcès les anthrax les furoncles prêts à exploser
Tout ce pus qui ne veut pas partir

Rue du Chemin vert
La régularité des jours
De la vie un peu terne et
Parfois même joyeuse
Chaque jour ressemble à l'autre
On se réjouit d'être là
Même si on voudrait être aussi ailleurs
La lumière entre dans l'appartement la table est éclairée

Mais le monstre n'oublie rien elle sait
Qu'elle lui appartient qu'il faudra rendre des comptes à la bête tapie
Qui n'en finit pas de réclamer
Son tribut
De chair et de sang

Le temps devant
Depuis la rue de la Tour jusqu'à la rue Censier
Sur la six on change Place d'Italie
Les escaliers sont sous les frondaisons
On gagne trois sous au Monoprix de la Rue de Passy on part en Italie
Paris-Florence par le train de nuit
On rêve de Stendhal des orangers sur les terrasses
Des alphabets qu'on invente des langues qu'on saura parler
Des Annonciations
À livre ouvert
On voit la surprise dans les mains des vierges
Les lys et l'esprit saint
On espère l'avenir
On croit aux bonnes nouvelles

Mais le corps a basculé
Crâne rasé
Elle avance droit vers l'amputation
Les couteaux et les lances s'attaquent au buste
Sans Enfant
Détachent lambeaux de peau à brûler
Entaillent, coupent, déchirent
Les mains couvertes de sang du chirurgien

Paris - Milan ou Bastia - Gênes
Paris - Calvi Aéroport Sainte-Catherine
Lieux Destinés
Traversés Accourus
Les trains les avions les bateaux les files d'attentes les retards et les arrivées
Tout en valises à roulettes
Temps des résurrections
Des *Péninsules démarrées*
Des naissances annoncées

Mais la pince-monseigneur se glisse entre les côtes
Soulève fracture les os de la cage thoracique
Et fouaille la poitrine : le cœur n'y tient plus

LIVRES PUBLIÉS

L'ÉCHAPPÉE BELLE ÉDITION
14 av des acacias 93170 Bagnolet
140 av montfleury 64110 Gelos
www.lechappeebelleedition.com

POÉSIE
COLLECTION OUVRE-BOÎTES

DAVID R BELAIR
L'éternité retrouvée
Vanités infernales
Au delà la nuit

HUBERT FRÉALLE
Soudain la Nouvelle Artémis
L'air au Petit Chevalier
Parcellaire de Paradis

PIERRE DESGRANGES
A la criée du temps

CÉCILE A HOLDBAN
Ciel passager

FLORENCE ISSAC
Juste un peu d'amour avant la fin

CAROLE GRANCHAMP
Un moi(s) sans toi

MICHEL CARLON
La vie m'a-t-elle donné ou lui ai-je pris ?

ANNE-CÉCILE CAUSSE
L'Aube, après toi

ALEXANDRE LEMASSON
Derrière le cri

ANNA GAIOTTI
Parfois je suis le chevalier parfois je suis le cheval

PATRICK LE DIVENAH
Blasons du corps féminin

EMMANUEL BERLAND
Du Poète et de la poésie

DANA SHISHMANIAN
Les poèmes de Lucy

CHRISTINE SCHALLER
La Pianiste aux Doigts trop Courts

MAËL GENTGEN
Le sang bleu des méduses
Florence

JEANNE MORISSEAU
Eaux d'avant

NICOLAS GRENIER
Rosetta (suivi de Philae)

GÉRARD GEORGES
Hier, demain, jamais

LUC-ANDRÉ REY
Palimpsestes

OLIVIER VOSSOT
Personne ne s'éloigne

VÉRONIQUE DE LABOULAYE
Une île, un jardin, une femme

ALAIN FAURE
La nuit du fourmilion

OLIVIER BENTAJOU
Laps

JOHANNES KUHN
À l'aune de l'herbe

SOUNYA
Le vois-tu ma sœur ?

GUY PERPÈRE
Oui, ouvre-moi
Les enfantillages

JEAN-PAUL RICHALET
J'ai faussé compagnie aux villes endormies

PASCAL HÉRAULT
L'Appel de la steppe

SOPHIE DISTEFANO
Une danse

DAOUDA KEITA
Celui qui donne

MARTIN WABLE
Feuilles du Nord

MATHIEU GABARD
Le mur derrière le sommeil
Rien que le corps

JEAN-PIERRE KLEIN
Enjamber la mort

CLAIRE CURSOUX
Je brise ma voix dans le corps des femmes

LEA FURNION
Les accidents d'ombre

ARA ALEXANDRE SHISHMANIAM
Mi-graines

VALÉRIE POUSSARD
Et puis on a compté les jour

NOUVELLES ET ROMAN
COLLECTION PIOCHE

SÉBASTIEN CHAGNY
Quelles Farces !

SARAH MOSTREL
Révolte d'une femme libre
La dérive bleutée
D'ombre et de lumière

MATHIAS LAIR
Oubli d'éblouis

MICKAËL AUFFRAY
Ce coquin de Félix

BERNARD SARRUT
Un voyage d'hiver

NICOLAS LEGOLVAN
Taravana

ALBERT SELLEM
San Pedro

MICHEL HUGUES
Une si belle journée

VALÉRY MOLET
Le nœud du pendu
Dénouements

STÉPHANE LAMBION
Bleue et je te veux bleue

LAURENT DUGUÉ
8 rue Raoul Berton
Le tartare de pangolin

CHRISTIAN TRABUT
Une ombre dans la rizière
Le virus de la vie

FLORENCE ISSAC
La danse d'Albion

LAURE BEAUDONNET
Arthur, son ange

CHARLIE BARETTE
Les pieds de ma mère

STELLA NODARI
La poupée du psy

PASCALE BOULINEAU
L'ailante

JOHANN COLIN
Connaissez-vous mamy Hélène?

THÉÂTRE
COLLECTION COUPE-PAPIER

DOMINIQUE CHIPOT
Le chemin semé d'embûches

JACQUES GALAN
Qiquḿajuq

FRANÇOIS MOURELET
Les Cynophiles
Zoé et la fumée

JOËLLE RICHARD
Ta main
Plein Cœur
Moïra
Mângata

PIERRE MORENO
Le Potager de Nietzsche

JÉRÔME KARSENTI
Coup de Racket

DOMINIQUE CHRYSSOULIS
Madre mia

EMMANUELLE MÉNARD
L'Ascenseur

SABINE JOURDAIN
Lacenaire, votre émission du soir

CLAIRE BOSSE-PLATIÈRE
J'ai toujours voulu faire bien

GAËTANE DE LANSALUT
La statue de temps

JOEL FAURÉ
Agence (suivi de Eux et lui)

MARION GUILLOUX
Kintsugia

ARCHITECTURE
COLLECTION PORTES

BENJAMIN LOISEAU ET JOHN GELDER
Less is too much ?

YONA FRIEDMAN ET STÉPHANE MALKA
Utopies croisées

PHOTOGRAPHIE
COLLECTION POSES

JACQUES CRENN TÉRATOLOGIE
Mine
JUXTA

JAN-CORNEL EDER
Un dimanche au Brésil
Mon balcon en Colombie
Cuba - Je t'ai déjà oublié

AGIR UTILE
COLLECTION RÉVEIL-MATIN

PATRICK BUSQUET
Nos paroles façonnent le réel

FLORENCE ISSAC
Guérir en Haïkus

DANSE
COLLECTION POINTE

VALÉRIE COLETTE-FOLLIOT
L'Apesanteur dansée 1 Une idée, un concept, une réalité
L'Apesanteur dansée 2 Théâtralité & spiritualité de la danse
L'Apesanteur dansée 3 Magie de la danse

- Jean Guizerix,
- Jacques-Sylvain Klein,
- Wilfride Piollet,
- Alban Richard,
- Ilan Zaoui,

DOMINIQUE CHRYSSOULIS
L'Assoluta de Cuba Alicia Alonso

GAËTANE DE LANSALUT
Lou

Ce livre a été imprimé
en France par **ICN**

Zone Industrielle des Saligues
98, rue Louis Rabier
64300 Orthez

05 59 69 77 80
icn@imprimerie-icn.fr